살면서 저에게 고운 정을 주신 모든 님들께
다섯 번째 만든 책 [**주먹행시집**]을 바칩니다

님 惠存

六峰 鄭東熙 드림

행시야 놀자 ^{시리즈}

5 주먹행시집

주먹행시

SINSE 2009

한행문학

대한민국 유일무이한 정통 행시 카페
한국삼행시동호회 설립 **12** 주년 기념 행시집
cafe.daum.net/3LinePoem
2002 - 2014

다섯 번째 행시집을 내면서 衛

가장 짤막한 문장으로
나를 은근히 드러내고자 한다
다른 이들 보다 먼저 시작한 者로서
라스트에서 유종의 미를 거둘 목표로
마지막까지 좋은 결과를 일궈내기 위해서
바탕을 다지며 열심히 저변확대 중이다
사람들이 짧은 주먹시에 운(韻)을 붙이고
아직은 낯설기만 한 [주먹행시]를 접하면서
자주 보지 못한 장르지만 재미있게 여기고
차차 빠져들어 흥미를 느낄 수 있도록
카리스마 있게 이끌고 밀어붙여서
타 장르에 맞서는 새 지평을 열고
파워 넘치는 글꾼들 한 자리에 모셔서
하늘 아래 가장 빛나는 글로 우뚝 서리라

2014년 가을, 한행문학 편집실에서

六峰 정 동 희

術 주먹시/주먹행시에 대한 이해와 고찰

- 즘시 -

주먹 만한 글
먹물 냄새 풍길 때
시심이 퐁퐁

(01/19/2009/六峰 정동희)

'주먹시'에 행시의 운(韻)을 넣은 '주먹행시'의 뿌리는..
재미문학가 오두 김성규 선생께서 조선시대 선조들의
문학 사조를 연구하시다가 2001년에 시작한 '주먹시'가
그 바탕이 되었으며, 2008년 11월 포털사이트 DAUM에
오두 선생이 주먹시 카페를 설립함으로써 세상에 알려
졌으며, 제가 2009년 1월에 이를 처음 접하게 되면서
주먹시에 큰 흥미를 느끼고 습작하던 중, 행시인으로서
뜻한 바 있어 한국삼행시동호회에 '주먹행시방'이라는
게시판을 열고 비로소 '주먹행시'를 쓰기 시작했습니다.

따라서 주먹시의 創始者가..오두 김성규 선생이라면
주먹행시의 창시자는..六峰 정동희가 되는 셈이군요.
주먹행시의 개척자로 기억해 주신다면 고맙겠습니다.

이미 주먹시는 세계적으로도 알려지고 있습니다.

* '주먹시'는 우리나라 전통의 單文詩를 계승하고 있으며,
세계적으로 크게 알려지고 있는 일본의 '하이쿠 문학'은
한반도에서 일본으로 건너 간 문학의 아류로 봅니다.
하이쿠는 임진왜란 前後 조선통신사들이 자주 건너가던
시대인 17세기 일본에서 발생했으며, 17자로 된 하이
쿠의 글자수로도 충분히 짐작할 수 있는 부분입니다.
하이쿠가 몇 수의 시를 연결하는 연시 문화가 포함되어 있
는 랜카였다면, 조선시대 후기 장한종의 어수신화(禦睡新
話) 안에서 나타나는 우리나라 소총시(笑叢詩) 17자 삼행
시에서 그 연대적 배경을 찾을 수 있습니다. 일연스님이
삼국유사에 보여주는 짧은 시(單文詩)들을 포함하여 특히
한국문화가 역사적으로 일본에 전달되어져 왔던 그 종교
문화적 전달에 있어서, 일본의 하이쿠 문화는 우리나라의
삼국유사의 장르에 영향을 받았음직하다고 봅니다.
(* 오두 김성규 선생의 논문 중에서 '하이쿠의 배경' 발췌)

주먹시는 세계에서 가장 짧은 이미지 詩를 추구하는
'시문학'이라 할 수 있습니다. 일반 행시와의 구분을 위해
주먹행시는 정해진 형식을 사용하며, - 제목 - 표시선과
본문 아래에 괄호로 (월/일/연도/작가 이름)을 써줍니다.
5-7-5로 구성되는 17자 3행을 원칙으로 하며 전체적으로
짜임새 있게 압축하되, <어수신화>의 정신을 생각한다면
해학적이어야 바람직합니다. 주먹행시의 습작은 분명히
행시인의 자질을 높이는 징검다리가 되리라 확신합니다.

- 주먹행시집 -

주먹덩이 글
먹 배 야무진 글로
시집 냅니다

(11/06/2014/六峰 정동희)

* 주먹시 = 줌詩 = zoom詩
  = 한 줌 밖에 안 되는 詩

* 주먹행시 : 한 줌 밖에 안 되는 *行詩*
  =➔ 5字-7字-5字로 이루어진 짧은 3행시

- 行詩 -

좋은 운(韻)에다
은은한 마음 담아
글로 빚는다

(11/05/2014/六峰 정동희)

- 짧은 글 -

삼행 사행시
행운을 불러오는
시작에 불과

(11/04/2014/六峰 정동희)

- 3 line poem -

Three or four linie poem.
It's bring to lucky.
No more than beginning.

4 Dec 2014

- 기회 -

세상 살면서
상상 못했던 순간
빛으로 오다

(11/03/2014/六峰 정동희)

- 간절함 -

평탄한 삶을
택할 수밖에 없는
항구적 운명

(11/02/2014/六峰 정동희)

- 하늘만큼 -

땅 속 누워도
만질 수 없을만큼
큼직한 사랑

(11/01/2014/六峰 정동희)

- 한행문학 -

문학 발전과
우정을 이어가는
애니콜 모임

(10/31/2014/六峰 정동희)

- 한행문학 -

행시로 등단
시인 반열 오르고
인증샷 찰칵

(10/31/2014/六峰 정동희)

- 되고파 -

언제 불러도
제까닥 달려오는
든든한 사람

(10/30/2014/六峰 정동희)

- 이제는 -

어쩌면 그도
둠벙 속 깊이 감춘
속마음 알까

(10/30/2014/六峰 정동희)

- 내가 늘 하는 기도 -

지켜 주시고
도와 주시옵시고
인도 하소서

(10/29/2014/六峰 정동희)

- 섹스 -

거총 안되면
시작도 못해보고
기부터 죽지

(10/29/2014/六峰 정동희)

- 가을 -

들바람 시원
국화향 찾아 나선
화사한 햇살

(10/28/2014/六峰 정동희)

- Autumn -

It's very fresh breeze on fields.
Take a smell of chrycanthemum.
Splendent beams of sunlight.

28 Oct 2012

- 풍년 -

포도밭 너머
도리깨질 춤추고
주린 배 벌떡

(10/28/2014/六峰 정동희)

- 영어행시 -

가급적 쉽게
나의 수준에 맞게
다잡고 쓴다

(10/27/2014/六峰 정동희)

- English line poem -

As easy as possible.
It's based on my levels.
Do writing with a quiet purpose.

27 Oct 2014

- 새내기 -

첫인사 받고
인적사항 몰라서
사뭇 궁금해

(10/27/2014/六峰 정동희)

- Biginner -

On the first greeting.
I don't know well your informations.
Lots of wonder of you.

27 Oct 2014

– 손님 –

나그네 지금
그대 집에 방문해
네줄시 쓰네

(10/26/2014/六峰 정동희)

– Guest –

A passenger now.
I'm visiting your home.
Drawing 4 line poem.

26 Oct 2014

- 방문 -

꽃바람 일고
님 다녀가신 흔적
이게 꿈인가

(10/26/2014/六峰 정동희)

- Visiting -

Rising the flower-wind.
I see you drop in here.
Maybe it's a dream.

26 Oct 2014

- 가을 하늘 -

마법의 구름
술레잡기 하듯이
사위어 간다

(10/25/2014/六峰 정동희)

가을인가
나붓한 점 하나
다른 때 보다도 높다
라이타 돌만한 구름이라
마치 홀로 하늘을 나르는 천마
바쁘게 움직인다 오른쪽 스크롤 바
사람 눈을 놀래키는 요술 부리는 마술사
=================================>
아름다운 하늘을 수놓는 하얀 저 구름아
자주 변하는 모습 행시에 담아 보자
차밍한 그림에 빠져든다 차차
카메라를 숨겨 보면 몰카
타겟트는 수퍼 스타
파랗게 쓰고파
하얀 운하

- 清明(청명) -

가없는 하늘
을러맨 배낭 위에
산이 물든다

(10/25/2014/六峰 정동희)

- 카페 -

행복한 글방
시간 시간 멋진 글
방문이 좁다

(10/24/2014/六峰 정동희)

* 대한민국 대표 행시 카페 <daum>
  =➔ 한국삼행시동호회
  =➔ cafe.daum.net/3LinePoem
* 대한민국 유일 행시 문학회
  =➔ 한국행시문학회
  =➔ 행시인 등단 지원, 행시 종합 문예지 발간
* 문의처 : 010-6309-2050 六峰 정동희

- 독서의 계절 -

무시로 읽고
조석으로 글 쓰면
건질 게 있지

(10/24/2014/六峰 정동희)

가을인가
높은 구름 하나
바람이 꽤 선선하다
책 읽기 딱 좋은 계절이라
올해는 무조건 책 몇권 읽으마
여러분 앞에 확실하게 다짐하는 바
이 약속 못지키면 올해 소망은 모두 허사
<==============================
분명 이거 실천 해야 나도 떳떳하고 좋아
우물쭈물 하지 말고 바로 실행 하자
한다 한다 할 수 있다 으라차차
이럴 때 꺼내보자 히든 카
딴 맘 생기면 귀찮타
빨리 마치고파
푸하하하

- 늦기 전에 -

가을 익는데
볼 곳 많아도 못 간
까칠한 세월

(10/23/2014/六峰 정동희)

가볼까
나랑 함께
다들 나서요
라일락 잎새로
마중 나온 햇빛과
바람 솔솔 시원하니
사랑하는 님들 그립소
===============>
아직은 해가 뜨겁지만
자그만 산 넘어가면
차갑게 식어질 터
카키빛 인생과
타는 정열도
파삭 늙지
하얗게

- 단풍 -

지는 그 순간
는실대며 붉힌다
잎도 삶이라

(10/23/2014/六峰 정동희)

- 정답 -

너 때문일까
와이프 때문일까
나 때문이지

(10/22/2014/六峰 정동희)

- 윤활유 -

한 잔이 두 잔
두 사람 마음 열고
잔정 나누네

(10/22/2014/六峰 정동희)

- 싹 -

그대를 향한

리얼한 사랑 씨앗

움찔거린다

(10/21/2014/六峰 정동희)

– 시인 –

문단에 등단
학회지에 글 싣고
회비 잘 내고

(10/21/2014/六峰 정동희)

- 단풍 -

가을 붉은 잎
을밋한 삶 흔들고
날 불러 내네

(10/20/2014/六峰 정동희)

- 카페 -

즐거운 만남
거짓 없는 사교장
움트는 우정

(10/20/2014/六峰 정동희)

- 가을 -

은은한 추풍
행인들 눈길 끄는
잎사귀 팔랑

(10/19/2014/六峰 정동희)

- 가을 -

잎 떠난 열매
사방에 익는 소리
귀티 나는 철

(10/19/2014/六峰 정동희)

- 중년 -

하얀 새치에
늘어진 주름 뒤로
꿈 많던 소녀

(10/18/2014/六峰 정동희)

- 원망 -

해가 갈수록
당당하고 거세져
화내면 겁나

(10/18/2014/六峰 정동희)

* 해당화 꽃말 : 원망

– 방사청 –

군 장성 출신
피해 막심 도둑질
아예 없애라

(10/17/2014/六峰 정동희)

* 방사청 : 방위사업청

- 매사 -

불상사 연속
감당하기 힘들다
증오가 인다

(10/17/2014/六峰 정동희)

- Big Bang -

에너지 폭발
너무 넓은 대우주
지금도 진행

(10/16/2014/六峰 정동희)

- 없애 -

흔히 말하지
적게 맞고 싶으면
들고 튀라고

(10/16/2014/六峰 정동희)

– 대선 후보 –

설치는 사람
레드 카드 줄거야
임자만 빼고

(10/15/2014/六峰 정동희)

- 망각 -

먼지가 되어
훗날 떠돌아 다닐
날 기억할까

(10/15/2014/六峰 정동희)

- 화해 -

비호감 만나
온통 된통 싸워도
뒤끝은 없다

(10/14/2014/六峰 정동희)

- 군인연금 -

목숨 담보로
숨죽이고 살았소
값진 삶이오

(10/14/2014/六峰 정동희)

- 가을 -

감 익는 계절
홍엽만산 황금 들
시심도 붉다

(10/13/2014/六峰 정동희)

- 인터넷 -

도시 끝 없다
둑 터진 물인가벼
놈은 시 도둑

(10/09/2014/六峰 정동희)

– 이별 –

한번 가는 삶
세월 동무 못하고
상처로 남네

(06/25/2014/六峰 정동희)

- 유병헌 -

현상금 오억
상금 좀 더 올리면
금방 잡힐까

(05/28/2014/六峰 정동희)

- 독도 서도 -

안 준다는 걸
용기로 되찾아온
복된 우리 섬

(05/26/2014/六峰 정동희)

* 경북 울릉군 독도 안용복길 :
  독도 서도의 신주소입니다

- 독도 동도 -

이날 입때껏
사력 다해 지켜온
부동의 보물

(05/24/2014/六峰 정동희)

* 경북 울릉군 독도 이사부길 :
  독도 동도의 신주소입니다

- 옥정 -

효자봉 놀 때
자루 없는 도끼 홈
손이나 보지

(04/29/2014/六峰 정동희)

- 外道 -

정이 넘친다
든 님 두고 바깥 님
임대료 없음

(04/28/2014/六峰 정동희)

- 봄 봄 -

로망 가득한
맨발의 청춘 남녀
스스럼 없다

(04/10/2014/六峰 정동희)

- 박수 -

안타깝지만
현명한 선택이오
수고했어요

(02/16/2014/六峰 정동희)

– 청마 –

갑자기 월컥

오버하지 마시고

년중 차분히

(01/01/2014/六峰 정동희)

- 주먹행시 -

함초롬한 글
축지법 같은 표현
미상불 작품

(12/20/2013/六峰 정동희)

* 미상불(未嘗不) : 아닌게 아니라, 과연(果然)

- 설날 -

한 해 여는 날
국에 떡 끓여 먹고
절값 받는 날

(01/31/2013/六峰 정동희)

- 설날 -

조상님 뵙고
상다리 휘게 먹고
절값 주는 날

(01/29/2013/六峰 정동희)

- 수확 -

메뚜기 한철
뚜껑 열리는 계절
기쁨의 시간

(09/24/2013/六峰 정동희)

- 휴가철 -

동네 주변에
남아서 할일 없는
아줌마 구함

(08/05/2013/六峰 정동희)

- 요맘때 -

봄을 먹는다
나른함을 떨친다
물이 오른다

(04/29/2013/六峰 정동희)

- 경칩 -

그놈 상팔자
만개한 개나리꿈
자다 깨니 봄

(03/05/2013/六峰 정동희)

* 경칩(驚蟄) : 24절기중 세번째. 우수 다음에 오는 절기
  개구리가 겨울잠에서 깨어날 정도로 날씨가 풀린다는 날

- 자살 -

못 참을 만큼
난관이 덮쳐 와도
이승이 낫지

(01/06/2013/六峰 정동희)

- 새해 아침 -

해 뜨면 지고
돋는 해 늘 같아도
이날은 달라

(01/01/2013/六峰 정동희)

- 동장군 -

강물도 꽝꽝
추위가 기승이라
위 아래 썰렁

(12/25/2012/六峰 정동희)

- 옛날 생각 -

동짓날 언 죽
짓눌러 녹여 먹던
달콤한 꿀죽

(12/16/2012/六峰 정동희)

– 경연장 –

게스트 받고
시험대에 오른 글
판단은 자유

(12/01/2012/六峰 정동희)

- 사랑새 -

비록 외눈에
익숙한 하늘 길도
조심 또 조심

(11/13/2012/六峰 정동희)

* 비익조(比翼鳥) : 전설상의 새
  암수의 눈과 날개가 각각 하나씩이라서
  짝을 짓지 아니하면 날지 못한다.
  서로 사이가 좋은 것을 비유적으로 이르는 말

- 주먹행시 -

멋 안 부리고
진솔한 의미 담아
글맛이 달라

(11/08/2012/六峰 정동희)

- 도전 -

최상의 노력
고독을 이겨낸 者
봉황을 품다

(11/01/2012/六峰 정동희)

- 행시 카페 -

십년 넘도록
주렁주렁 열린 글
년년이 발전

(10/02/2012/六峰 정동희)

가는해 끄트머리 식당도 만원이라
나는놈 재주부려 뛰는날 겨우잡고
다붓한 분위기로 십주년 정모했네
라운드 돌고돌아 어느듯 열번째라
마지막 기약않고 구르는 톱니바퀴
바윗돌 가로질러 한우물 파는우리
사랑과 헤어짐과 만남을 노래하고
아직도 못겪어본 미지를 그리면서
자유의 기수로써 신대륙 개척하고
차분히 운맞추는 행시에 뜻을담아
카랑한 목소리로 고고성 울리면서
타이틀 없는무명 말없이 뚜벅뚜벅
파릇한 아지랑이 조금씩 피어올라
하얗게 퍼질모습 당차게 지켜본다

- 2012. 11. 4 -

- 소속감 -

금쪽 같은 정
배움의 길고 긴 길
지켜갈 징표

(10/02/2012/六峰 정동희)

- 살다 보면 -

참된 마음씨
이웃 아껴주는 정
슬픔도 재산

(08/3/2012/六峰 정동희)

- 복날 -

복날 과음에
상대가 너무 쎄서
사고 날뻔 해

(07/19/2012/六峰 정동희)

- 결승전 -

역시 짜릿해
전세 반전 또 반전
승부는 예술

(05/14/2012/六峰 정동희)

* EPL 리그 최종 우승 결정전 :
  맨시티와 맨유의 최종전 결과를 보고.

- 포커승(僧) -

살판 난 놀음
냄비 끓는 소리에
새가슴 쿵쾅

(05/10/2012/六峰 정동희)

- 꽃샘바람 -

봄은 익는데
시절 모를 찬 기운
샘이 많은 님

(04/10/2012/六峰 정동희)

- 봄비 -

오는 손 마중
가는 객 치다꺼리
고놈 참 예뻐

(03/09/2012/六峰 정동희)

- 첫만남 -

삼개월 별러
행시꾼들 모였네
시작이 절반

(03/09/2012/六峰 정동희)

– 손님 –

뇌만 좋아해
졸지에 찾아오는
중년의 친구

(03/05/2012/六峰 정동희)

– 이맘때 –

봄나물 향내
나른함 몸에 생기
물 오른 청춘

(03/05/2012/六峰 정동희)

- 정월대보름 -

오곡에 구채
곡차 한잔 곁들여
밥상 비운다

(02/05/2012/六峰 정동희)

- 일본 -

방대한 대기
사정거리 무한대
능력 대단해

(12/03/2011/六峰 정동희)

- 입동 -

김 호호 불던
장갑 하나로 버틴
철부지 시절

(12/03/2011/六峰 정동희)

- 법관 SNS -

무대뽀 행동
법이 자네 편인가
자숙하시게

(12/04/2011/六峰 정동희)

- 폭염 -

어젠 물난리
지금은 연일 찜통
간단치 않군

(07/18/2011/六峰 정동희)

- 훼방꾼 -

피하지 못해
서로 물고 물리는
철없는 장마

(07/09/2011/六峰 정동희)

– Pyeong Chang –

피할 수 없는
옹고집 삼수 끝에
창공을 날다

(07/07/2011/六峰 정동희)

2011. 7. 7 – '2018년동계올림픽' 개최지 결정.
자크 로게 IOC 위원장이 대한민국 '평창'을 발표하는 장면
(남아프리카 공화국 더반에서)

PGA TOUR **플레이어스 챔피언십**

- 챔피언 -

최고의 대회

경기 막판 연장전

주인공 우뚝

(05/15/2011/六峰 정동희)

가느다란 막대기로
나라명예 드높이고
다른나라 우수선수
라이벌들 제친뚝심
마지막에 땀을쥐는
바등바등 연장전서
사이좋게 함께가던
아메리칸 되치기한
자랑스런 대한국인
차차실력 더키우고
카리스마 유지해서
타의추종 불허하는
파란재킷 입으시고
하늘아래 으뜸되소

2011. 5. 16

- 민물고기 -

송송 씹는 맛
어육향 은근하니
회중에 일미

(05/14/2011/六峰 정동희)

- 현실 -

핵은 필수다
무조건 확보하고
기 싸움 하자

(05/12/2011/六峰 정동희)

가령 요다음 대통령에 출마하려는 사람이 있다면
나의 이야기에 반드시 귀를 기울이셔야 합니다
다 아시겠지만 우리나라는 핵기술 보유국입니다
라듐 우라늄 플루토늄도 약간은 확보되어 있어서
마음만 먹으면 3년 내에 핵무기를 만들 수 있지요
바로 이웃 일본은 당연히 우리보다 앞선 나라이고
사시사철 핵무기가 늘어만 가는 나라가 중국이며
아예 북한도 스스로 핵 보유국이라 천명했습니다
자화자찬 국격이 높다는 말로는 이제 안 통합니다
차라리 어려움을 무릅쓰고라도 개발해야 합니다
카리스마 있는 대통령이 나와 줘야만 가능하지요
타산지석으로 핵 가진 이스라엘 국격이 상당하며
파키스탄과 중국에 인접한 인도도 핵을 가졌지요
하루 빨리 우리도 핵으로 무장해야 강자가 됩니다

* 이제 핵무기 도입을 생각할 때다/2011. 5. 12

- 봄날 -

장미꽃 보다
미끈한 **女子** 속살
꽃중에 꽃

(05/10/2011/六峰 정동희)

- 등단 -

꼭 오를 자리
대신 보낼 수 없어
기 쓰고 간다

(05/09/2011/六峰 정동희)

- 피겨 -

얼음 위에서
음악에 맞춰 추는
판타지 예술

(04/30/2011/六峰 정동희)

- 주먹행시 -

함축성 있게
축약하는 습관이
성필 지름길

(04/18/2011/六峰 정동희)

- 인생 -

곧고 옳아도
은연중 휘어지면
삶도 한 순간

(03/29/2011/六峰 정동희)

- 카페 운영자 -

무한 봉사팀
보수 없는 천사들
수고에 박수

(02/26/2011/六峰 정동희)

- 카페 -

새 식구 늘고
내글에 댓글 늘면
기분 좋은 곳

(02/23/2011/六峰 정동희)

- 탈선 -

고장 수리중
속 부품 하나 망실
철도청 들썩

(02/15/2011/六峰 정동희)

- 주먹시 -

행시 몇 줄로
시공을 넘나든다
인생을 연다

05/10/2011/六峰 정동희)

- 정초 -

일단 스타트
주행선 들어서면
일년은 금방

(02/09/2011/六峰 정동희)

- 오늘 -

까닭도 없이
치솟는 물가 겁나
설설 기는 날

(02/02/2011/六峰 정동희)

- 북녘 사람들 -

서툰 주먹질
해 바뀌어도 불변
안 보고 싶어

(11/30/2010/六峰 정동희)

- 이에는 이 -

연거푸 쏴 봐
평양 쑥대밭 될 겨
도망도 못 가

(11/25/2010/六峰 정동희)

- 걸림돌 -

청지기 치곤
문제가 너무 많아
회의만 거듭

(10/01/2010/六峰 정동희)

- 무관심 -

개 같은 공천
망발 쏟는 선거판
초연한 민심

(07/29/2010/六峰 정동희)

- 혼탁 -

무리한 공천
더티한 정치공세
위태 위태해

(07/25/2011/六峰 정동희)

- 주먹행시 -

간단한 문체
단출한 내용 담아
히트작 쓰기

(06/20/2011/六峰 정동희)

- 철새 -

작년에 왔던
은빛 날개 예쁜 새
새식구 대동

(05/11/2011/六峰 정동희)

- 갈색 추억 -

책망하지 마
갈등만 심해지고
피차 힘들어

(04/30/2011/六峰 정동희)

- 적신호 -

대놓고 흡연
청소년 의식 세계
소탐에 대실

(03/14/2010/六峰 정동희)

- 건강 -

무심한 세월
심장 멈출 그날이
코앞에 왔나

(03/10/2010/六峰 정동희)

- 천자문 -

하늘 천 따 지
마지막엔 이끼 야
입으로 달달

(02/28/2010/六峰 정동희)

- 동호인 -

행복한 순간
시어들의 경연장
방그레 미소

(02/22/2010/六峰 정동희)

- 기특한 -

요철 장난에
술레잡기 하는가
봉곳한 녀석

(08/05/2009/六峰 정동희)

- 손녀딸 -

천상 내 새끼
사랑스러 죽겠다
꽃보다 예뻐

(05/05/2009/六峰 정동희)

- 부지런 -

무시로 와서
조근 조근 쓴 행시
건질 만하네

(04/06/2009/六峰 정동희)

- 꿀맛 -

계곡 아래서
곡주 받아 마실 때
주석이 들썩

(01/25/2009/六峰 정동희)

- 자화상 -

주먹 만한 頭(두)
먹물 가득 찼어도
시심은 빈 통

(01/23/2009/六峰 정동희)

- 면도 -

털 몽땅 밀고
깎은 자리 다듬고
이쁘게 정리

(01/20/2009/六峰 정동희)

- 자화상 -

六십도 못 돼
峰만 오르면 헉 헉
山행도 무리

(01/19/2009/六峰 정동희)

한국행시문학회
한국삼행시동호회
http://cafe.daum.net/3LinePoem

2002-2014

정동희 주먹행시집 / 행시야 놀자 시리즈 **5**

주먹만한 글

2014년 11월 8일 발행

저 　 자	정 동 희
이 메 일	daumsaedai@hanmail.net

편 　 집	정 동 희
발 　 행	도서출판 한행문학
등 　 록	관악바 00017 (2010.5.25)
주 　 소	서울시 관악구 봉천동 875-7 하버드빌딩 603
전 　 화	070-7659-2050 / 010-6309-2050
팩 　 스	02-885-2050
카 　 페	http://cafe.daum.net/3LinePoem

정 　 가	8,000원
I S B N	978-89-97952-09-0-04810 (세트)
	978-89-97952-07-6

공급처 ㅣ 가나북스 www.gnbooks.co.kr

전 　 화 ㅣ 031-408-8811(代)

팩 　 스 ㅣ 031-501-8811